AF336944

# L'OVTRECVIDANCE

## PRESOMPTION

## DV CARDINAL

# MAZARIN,

## DANS LE MARIAGE

*de sa Niepce.*

# L'OVTRECVIDANCE PRESOM-
ption du Cardinal Mazarin dans le mariage
de sa Niece.

## I.

ES mariages bien souuent
Fondez sur de seules maximes
S'éuanouiffent auec le vent
Et font cause de bien des crimes.

## II.

Si quelqu'vn auoit entrepris
Des nopces defauantageufes
Et qu'il penfaft eftre furpris
Il les iugeroit dangereufes.

## III.

C'eft pourquoy ie ne puis fonger
Ny me mettre dans la penfée
L'extréme & l'euident danger
Où la France fe voit pouffée.

A ij

#### IV.

Le Cardinal qui tant de fois
A mal employé nos finances,
Abusé des Princes François
En méprifant leurs ordonnances.

#### V.

Mais n'importe il fait contre luy :
Cela nous aigrit dauantage,
Sans fon foible & puiffant appuy
Il n'auroit pas tant de courage.

#### VI.

Il devroit fe monftrer difcret
Et ne pas tant en entreprendre,
Ie crois que l'vnique fecret
Eft de tafcher à s'en deffendre.

#### VII.

Quand ie fonge à l'euenement
De ce funefte mariage,
qui fe fait fans confentement,
Le Diable l'emporte, i'enrage.

#### VIII.

N'en ay-ie donc pas grand fujet,
En voyant que l'outrecuidance
Du plus vil & du plus abiect
Triomphe de toute la France.

### IX.

Parlez François où est le cœur?
Qui vous rendoit recommandables,
Et quoy Beaufort vostre vainqueur
Souffre-il ces affronts damnables?

### X.

Ne vous sentez vous point toucher,
Qu'vn petit fils de Henry quatre
Prenne la fille d'vn cocher,
qui vendoit autrefois du platre.

### XI.

C'est vne grande indignité,
que le meilleur or on espluche,
Or qu'on luy donne en quantité
Pour cacher sa peau de guenuche.

### XII.

He ! quoy grand Prince de Mercœur
Où est allé le grand courage?
qui vous a tousiours fait vainqueur
Dans la paix & dans le carnage,

### XIII.

Vostre premiere lascheté
Vous auilit pour vostre vie,
Ie crois que cette humilité
Vous exemptera de l'enuie.

### XIV.

Mon Prince vous auez grand tort
De pratiquer ce mariage
Qui vous pourra cauſer la mort,
penſée y ſi vous eſtes ſage.

### XV.

Le fruit que vous en retirés
Iamais ne me l'auroit fait faire,
Ah! grand Prince conſiderez
A qui vous taſchez de complaire.

### XVI.

Vous vous liurez à vn coquin
qui a mal traiĉté voſtre pere,
Souuenez vous que ce faquin
Fit empriſonner voſtre frere.

### XVII.

C'eſt le plus traiſtre des humains,
Et ſes mœurs ſont Italiennes,
Si vous tombez entre ſes mains
Sans doute il vous ioüera des ſiennes.

### XVIII.

Lors que vous vous verrez ſurpris
Vous ne pourrez aller arriere,
Vous reſſentirez ſes meſpris,
En la place de voſtre frere.

## XIX.

Il ne cherche qu'à se vanger,
Vous luy en donnez la matiere,
Si vous tombez dans le danger
Sçachez qu'il ne tardera guere.

## XX.

L'Or qu'il vous donne eſt vn appas
Qui facilement vous empeſtre,
Si vous ne le cognoiſſez pas
Vous le pourrez bien-toſt connoiſtre.

## XXI.

Les ennemis font vn pont d'or,
Aux bataillons qui les pourſuiuent,
Tout les preſens & tout cét or,
Sont les ſeuls bourreaux qui vous ſuiuent.

## XXII.

Il faut donc pour les éuiter,
Vſer d'vne extréme prudence,
Vous ne les pouuez ſurmonter,
Qu'en rapportant cét or en France.

## XXIII.

Tout ce qu'il a de ſuperflus,
Il vous le donne en mariage,
Il en a tant qu'il n'en veut plus,
Vous joüirez de ſon pillage.

### XXIV.

Tout le deffein du Cardinal,
Eſt de vous donner de la peine,
Il fait tout ainſi qu'vn cheual
qui ne tient conte de l'auoine.

### XXV.

Pour poſſeder tant de treſors,
Cela ne fait pas qu'il les donne,
Il en a dedans & dehors,
Vous ſçauez comme il en ordonne.

### XXVI.

Quoy pourrez-vous bien conſentir
D'eſpouſer cette Italienne,
Pour moy ie le dis ſans mentir,
Ie croy qu'elle à l'humeur de chienne.

### XXVII.

Ie ne ſçay ſi vous pourrez voir,
Les grimaces de ſon viſage,
Qui touſiours apres ſon pouuoir
Sentiront aſſez leur village.

### XXVIII.

On recognoiſt touſiours au port,
Au geſte, à la grace, à la mine,
Ces choſes nous teſmoignent fort,
Qu'elle eſt née pour la cuiſine.

XXIX.

### XXIX.

Vous faites tort à voſtre ſang,
De le ſoüiller de cette injure,
Et vous dementez voſtre rang,
Par vn faict de cette nature.

### XXX.

Penſés vn peu quel creue-cœur,
Ont voſtre pere & voſtre mere.
Ah! Prince, Prinçe, où eſt ce cœur?
que vous laiſſa voſtre grand pere.

### XXXI.

C'eſtoit le ſouuerain des Rois,
Tant dans la paix que dans la guerre,
C'eſtoit luy qui donnoit des lois,
A tous les peuples de la terre.

### XXXII.

Ie ne ſçaurois m'imaginer,
Que iamais voſtre conſcience,
Se relaſche de vous geſner,
Pour auoir meſpriſé la France.

### XXXIII.

Songez que vos predeceſſeurs,
Dont les faits ſont en la memoire,
Demandent que par vos labeurs,
Vous faſſiés reuiure leur gloire.

## XXXIV.

Iamais vne telle action,
Aucun d'eux ne mit en lumiere,
N'eſt ce point voſtre paſſion
Qui vous a contraint de la faire?

## XXXV.

Tout le monde ſçait bien que nom,
Quoy que vous diſiés le contraire,
Pour conſeruer voſtre renom,
I'aurois de la peine à le croire.

## XXXVI.

Vn peu d'or & l'Admirauté
Vous donnent ils dedans la veüe?
Sçachez que cette dignité
Demeure encore ſoubs la nuë.

## XXXVII.

Pour tant promettre on ne tient pas,
Ce perroquet à la Romaine,
Se rit, & vous ne voyés pas,
Quel eſt le deſſein qui le meine.

## XXXVIII.

Vous aurez l'obligation,
De cette dignité ſupréme,
A la ſeule apprehenſion
Qu'il a conçeuë de vous meſme.

## XXXIX.

Souuenez-vous que Mazarin,
Vous attend au bout du paſſage,
Il r'attrapera ſon magazin,
Et gagnera voſtre bagage.

## XL.

Il vous donnera de l'employ,
Que vous croirez fort honorable,
Ie vous aduertis, croyez moy,
I'y vois la mort inéuitable.

## XLI.

Il vous permettra quelque temps
De viure dans la patience,
Mais à la fin de quelques ans,
Vous en ferez la penitence.

## XLII.

Mais n'importe mariez vous,
Dites que pouuez vous pretendre?
Sinon d'éuiter ſon courroux,
Cela vous fait-il condeſcendre?

## XLIII.

Vous parroiſſez trop genereux,
Pour auoir la ſeule penſée,
De vous allier à ce gueux,
Eſpouſant ſa niepce inſenſée.

## XLIV.

Car quand vous ferez affemblez,
Quels enfans pourrez produire,
Des Cefars de gloire comblez?
L'on y trouuera bien à dire.

## XLV.

C'eſt donc pourquoy ne penfez pas
Que vous le puifliez iamais faire,
Voſtre femme a le cœur trop bas,
Pour réüflir dans cette affaire.

## XLVI.

Vous me pourrez bien objecter,
Que quelques fois les mauuais arbres
Bien taillés peuuent rejetter
De bons fruicts, vous n'eſtes pas arbres.

## XLVII.

Difant cela, fouuenez-vous,
que ces productions font rares,
Qu'elles veulent vn terroir fort doux,
Et non pas des terres auares.

## XLVIII.

La voſtre où vous deuez femer
Des deux à la pire partie,
Tout ce qu'elle a reffent l'amer,
Du lieu duquel elle eſt fortie.

XLIX.

## XLIX.

Et puis vous ſçauez quel orgueil
Talonne la baſſe naiſſance,
quand il ſe voit dans vn fauteüil,
Il monte iuſques à l'inſolence.

## L.

Vous n'aurez iamais de plaiſir,
Auec cette païſanne,
Vous n'ignorez pas le deſir
Qu'elle a de ſe voir Courtiſanne.

## LI.

Elle vous fera deteſter
Et vous n'en oſerez rien dire,
Vous n'oſerez l'y conteſter,
Il faudra tout voir, & ſouſrire.

## LII.

Ie n'en oſerois plus parler
Sur tout donnez-vous bien de garde,
Et taſchez de vous en aller,
Manque doublement qui s'hazarde.

## LIII.

Si vous demeurez à la Cour
Vous deuez eſtre en deffiance,
Vous n'y ferez pas long ſejour,
Si Dieu ne vous preſte aſſiſtance.

### LIV.

Quittez quittez là promptement
Et laissez là le mariage,
Si vous y restez longuement
Vous y serez en esclauage.

### LV.

Prince, Prince, venez-nous voir
Vous meritez bien la de Guise,
Il ne vous faut pas grand pouuoir,
Voftre frere vous la soûfmise.

### LVI.

Sans doute vous en joüirez,
Il vous est bien plus souhaitable,
Quand mefme vous la manquerés
Vous n'en ferés iamais blafmable.

### LVII.

Au moins vous ioindrez voftre fang
Au noble fang d'vne Princefle,
Vertueufe, & qui tient fon rang
Donnant du luftre à fa Noblefle.

### LVIII.

C'eft tout ce que nous vous dirons
Voyés fi vous le pouués faire,
Quant à vous, nous vous affeurons
Que nous ne pouuons vous complaire.

## L I X.

Mon Prince donnés-nous les mains,
Et vous gaignerez la victoire
Esloignés ces esprits hautains
Qui veulent ternir vostre gloire.

## L X.

Ces gens là ne vous vallent pas
Ce ne sont rien que des chimures,
Si vous d'herissez leur appas
Vous choqués pere & mere & freres.

## STANCES.

L'Autheur de tous ces Vers ne veut choquer personne
Il maintient la Couronne.
Il ne sçauroit souffrir que son illustre Sang
Entre dedans le flanc,
D'vne branche qui naist de souche Mazarine.
On le iuge à sa mine.
Nous connoissons assez son Estat emprunté,
De nostre or emprunté.
Et ie n'y voit point trop dequoy rire pour elle,
D'autant que ce qu'elle a vient de nous, non pas d'elle

## FIN.